KB140439

감사 인사

감사 인사

포엠하우스 21집
포엠하우스 7인의 신작시집

초판인쇄 | 2023년 11월 25일
초판발행 | 2023년 11월 30일

지 은 이 | 성선경 이병관 김참 송미선 김미희 김미정 양민주 이복희
발   행 | 포엠하우스 양민주
펴 낸 곳 | 도서출판 작가마을
등   록 | 2002년 8월 29일 제 2002-000012호
주   소 | 부산시 중구 대청로141번길 3, 501호(중앙동, 다온빌딩)
         T. 051)248-4145, 2598 F. 051)248-0723 E. seepoet@hanmail.net

ISBN 979-11-5606-243-1 03810   정가 10,000원

감사 인사

포엠하우스 21집

도서출판
작가마을

우리는 우리끼리
감사 인사를 나누었다
21집이 나오기까지
많은 어려움을 겪었기에
가슴으로 숨을 몰아쉬었다
어려움 속에서 피어난
한 떨기 장다리꽃 같은
『감사 인사』 아름다워라
장다리꽃은 씨를 맺어
남새밭을 이루리라
푸른 푸른 푸르른
사람의 양식이 되어라

－포엠하우스 동인 일동

포앰하우스 21집
감사 인사

• **차례**

2023

2023

포엠하우스 21집

O

감사 인사

초
대
시

성선경

poem house

• 1988년 한국일보 신춘문예 시 부문 「바둑론」 당선.
• 시집 『햇빛거울장난』, 『네가 청둥오리였을 때 나는 무엇이었을까』, 『파랑은 어디서 왔나』,
『봄, 풋가지行』, 『석간신문을 읽는 명태 씨』, 『까마중이 머루 알처럼 까맣게 익어 갈 때』,
『진경산수』, 『아이야! 저기 솜사탕 하나 집어줄까?』, 『옛사랑을 읽다』, 『모란으로 가는 길』,
『몽유도원을 사다』, 『서른 살의 박봉 씨』, 『널뛰는 직녀에게』 외
• 고산문학대상, 산해원문화상, 경남문학상, 월하지역문학상, 마산시문화상 등 수상

광장

꾸욱 꾸욱 꾸우욱
꾸욱 꾸욱 꾸우욱
여기저기서 할 말 많은 가슴들이
드넓은 광장에 모여
후루룩 후루루 날아올랐다
우루루루 몰려 내려앉았다가
쿡쿡 쿡쿡쿡 좁쌀 같은 일상을 쪼다가
다시 우루루 우루루 모여 앉았다가 다시
꾸욱 꾸욱 꾸우욱
꾸욱 꾸우욱 꾸우욱
제대로 알아들을 수 없는 소리들을
저희끼리 꾹꾹거리다가
다시 우루루 우루루 모여 앉았다가
다시 후루룩 후루루 날아올랐다가
꾸욱 꾸욱 꾸우욱
꾸욱 꾸우욱 꾸우욱
할 말을 다하지 못한 앙가슴들이
날아올랐다가 내려앉았다가
드넓은 광장을 꾹꾹거리다가
제대로 알아들을 수 없는 소리가
모였다가 흩어지는 한낮.

납월臘月

　갈 놈은 다 가고 붙을 놈은 붙으라, 새는 나뭇가지 눈송이를 털고 해는 서산에 걸렸다, 떠날 놈은 떠나고 붙을 놈만 붙으라, 납월 홍매紅梅가 피고 목련은 눈망울이 맺혔다, 저물 놈은 다 저물고 새로 필 놈은 새로 피어라, 네가 가고 나도 간다, 발우鉢盂를 내려놓은 중도 저만치 눈 속으로 떠나고 동안거를 끝낸 절도 둥둥 떠나가고 빈 바랑만 바람처럼 떠도는 납월臘月, 해 넘어 간다 해 넘어 간다, 갈 놈은 다 가고 붙을 놈만 붙으라, 세상사 알고 보면 다 남가일몽南柯一夢 해가 넘어 간다, 설운 기억은 끝임 없이 소모되고 끝임 없이 생산되고 저물 놈은 다 저물고 새로 필 놈만 새로 피어라, 곰쥐는 새로 눈이 밝아오고 해 넘어 간다 해가 넘어 간다, 자리보고 다리 뻗는 푸른 대나무 새순이 솟아나오고 더 찢을 것도 없는 달력은 해 넘어 간다, 갈까마귀 때까치 갈 놈은 가고 붙을 놈만 붙으라, 허어 쉬.

울지 않는 새

나는 지금 새에 대해 이야기 하자는 게 아니다
나는 지금 꽃에 대해 이야기 하자는 게 아니다
나는 지금 생각 너머에 가 있다

나는 지금 둥지를 만들지 않는 새를 이야기 하는 것이다
나는 지금 향기를 품지 않은 꽃에 대해 이야기 하는 것이
다

여름은 늘 너무 덥고
겨울은 너무 춥다
나는 지금 생각 그 너머에 가 있다

둥지가 없는 새는 알을 품지 않는다
향기를 품지 않은 꽃은 오래 시든다

봄이라고 늘 화창하지도 않고
가을이라 늘 청명하지도 않다

나는 지금 새에 대해 이야기 하고 있다
나는 지금 꽃에 대해 이야기 하고 있다
한 번도 울지 않는 새가 있었다

한 번도 향기를 품지 않은 꽃이 있었다

그때 너는 어디에 가 있었나?

나는 지금 울음 그 너머에 가 있다
나는 지금 향기 그 너머에 가 있다.

눈이 붉은 사과를 좀 먹으렴

　애야! 너는 너무 독기毒氣가 없구나, 이렇게 눈꺼풀도 쳐
지고, 얼굴이 핼쑥한 게, 땡글땡글 독이 든 사과를 좀 먹
어야겠다, 눈꺼풀이 쳐지면 생기生氣도 한풀 꺾이는 법이
란다, 애야! 이것 좀 받아보렴, 어머니는 잘 익은 가을을
건네고, 땡글땡글, 어머니! 어떤 사람은 제 성질을 죽이지
못해 눈꺼풀도 당겨 올린다지요, 나도 그렇게 해 주세요,
아니야, 공주야! 땡글땡글한 이 사과 좀 받으렴, 그러면 다
시 생기가 돌지도 몰라, 어머니! 이 사과를 먹으면 백마白
馬를 탄 왕자님도 만날 수 있나요? 그럼! 다시 눈꺼풀이 당
겨 올라가고 땡글땡글 독기毒氣도 돌지, 애야! 어서 이것
좀 받으렴, 눈꺼풀이 쳐지면 생기生氣도 한풀 꺾이는 법이
란다, 애야! 이것 좀 받아보렴, 사람은 거저 땡글땡글한 독
기毒氣로 산단다, 공주야! 이 사과 좀 받으렴, 땡글땡글 눈
이 붉은 사과를, 애야! 너는 너무 독기毒氣가 없구나, 다시
생기가 돌게 눈이 붉은 사과를 좀 먹으렴.

물방울무늬 원피스

방 안에 있으나 마루 끝에 있으나
눈길도 가지 않는 보릿자루 같다면야

한 됫박 퍼내어도 또 한 됫박 더 퍼내어도
눈에 들어오지 않는 보릿자루 같다면야

한 됫박 꿔주었다 열흘 뒤 다시 돌려받아도
성에 차지 않는 보릿자루 같다면야

앞에서 보나 뒤에서 보나
똑같은 연속무늬 같다면야

어쩌지 나는

어느 봄날에 받은 저 안개꽃 한 다발
햇살을 튕겨내기만 하는, 저 봄
나는, 나는 또 어쩐다.
저 반사反射를.

뾰쪽뾰쪽

온 산에 새잎이 피라미처럼
간지럼의 싹으로 뾰쪽뾰쪽
저 햇살의 투망投網
저 햇빛의 투망投網
그물에 걸려드는 것이 거저
물고기만은 아니라서
나도 온몸이 간지러워 새싹처럼 초록초록 한데
천년의 적막寂寞을 가슴에 품고 있는 바위는
저 햇살에도 무념無念
저 햇빛에도 무상無常
그물에 걸려드는 것은 거저
물고기 비늘만이 아니라서
그림자가 없는 고요가 한 아름
물오른 나무의 평화가 또 아름
저 햇살의 투망投網
저 햇빛의 투망投網
저 그물에 한가득 담겨오는 것이
거저 물 비린내만이 아니라서
온 들판에 새싹들이 버들치처럼
간지럼으로 입이 뾰쪽뾰쪽.

묵호墨湖

대개는 대게 잡으러 간다는
선착장에는 배들이 많다
대게 그 붉고 길죽 길죽한 다리를
그물로 건저 올린다는데
그 그물에는
가끔 간재미도 올라오고
도로묵도 심심찮게 잡힌단다
묵이었다가 은어였다가 도로묵이 된
말짱 도로묵, 묵호는
여기저기 도로묵 굽는 냄새가 길을 막고
도로묵이 저렇게 많아서 묵혼가?
길을 멈춘 발걸음들이 서성서성
선착장에는 배들이 참 많은데
대개는 대게 잡으러 간다는데
문어들이 흡반들로 달라붙는 활어장을 지나면
길에는 여기저기 도로묵
온통 도로묵 굽는 냄새가 길을 막고
물이 깊어 검은 바다, 그래서 묵혼가?
느릿느릿 시간의 침묵, 그래서 묵혼가?
나는 혼자 중얼거리고
가던 걸음도 문득문득 멈추고.

반드시, 필必

세상에는 '반드시' 해야 할 일이 있듯이
나는 '반듯이' 해 놓은 일도 있다
시인 채상우는 '반드시 필'이란 한자가
심장에 칼이 꽂힌 형상이랬다
세상에는 '반드시' 피해야 할 일이 있듯이
나는 '반듯이' 피해 나온 일도 있다
나는 왜 '반듯이' 라고 써놓고도
나는 왜 '반드시' 라고 읽는가?
'반듯이'와 '반드시'는 그렇게 다른 듯 닮았다
저기, 단호하게 빛나는 '반드시'라니
심장에 꽂힌 칼
그 얼마나 무서운 말인가?
저기, 선혈이 낭자하다
반듯이 혹은
반드시.

이병관

poem house

• 《한글문학》 등단
• 김해문인협회 회원
• 낙동강문학상, 김해문학상 수상

늦철

많이 퍼 쓰거나 남에게 주어도
양이 줄어들기는커녕
비축량이 오히려 늘어나는 게 사랑
그런데도 이 등신, 왜 아끼며 살았을까
이제부터라도 마음껏 써봐야겠다
그동안 갚지 못한 사랑 빚 너무 많으니
티 내지 말고 조용히…
사람들 모르게 소복소복하게…

사람 사는 세상

지난날 되돌아보면
참 많은 발전이 이루어진 세상이다 싶었는데
착각이었다는 생각에 서글퍼진다
러시아와 우크라이나
이스라엘과 아랍이 서로 총부리 겨누는 전쟁
도대체 인간 악성의 한계는 어디까지일까

모르겠다…
답이 없다…

희망 사항

정치며 경제며 예전엔 다 소중했는데
어느새 별거 아닌 걸로 바뀐 이유가 뭘까
뭐든 넘쳐나면 귀하게 보이지 않는 법
의식주가 너무 풍부해진 탓인듯하다
그래도 이건 하나 꼭 만들어 봐야지
세월이 갈수록 간절해지는 연분 하나

어서 와 주세요 당신!
내 가슴 안으로 쏘옥!

노래 복

복은 각자가 만들기에 달려 있다 했던가
가끔 혼자 다니며 실감할 때가 있다
많아도 너무 많다 싶을 정도로
한국 대중가요가 유행하고 있는 데다
가사가 시여서 시 낭송이기도 하니 참 좋다
이제는 입만 열면 자동으로 노래가 나오니
언제 어디서라도 복을 만들 수 있다

친구야!
당신도 복 한번 만들어 볼래?

감사 인사

오래전 어느 날 뒷산을 오르는데
어찌 된 건지 하늘이 노래지더라
길바닥에 주저앉았다가 일어서려는데
다시 벌러덩 뒤로 자빠졌지
그때만 해도 핸드폰도 없고
지나가는 사람 안 보이는 골짜기다 보니
가만히 눈 감고 있을 수밖에 없었지
한참 뒤 "야 이놈아 빨리 일어나거라"
아버지 고함 소리에 벌떡 눈을 뜨니
해가 서산을 넘어가는 저녁 무렵이었지
산을 내려와 집에 도착할 때까지
저절로 입 밖으로 터져 나오는 말
"아버지 고맙습니다"
"정말, 정말, 고맙습니다"

수리수리 마하수리 수수리 사바하
 ― 내 마음에 물 주기

좋은 일이 있겠구나
지극히 좋은 일이 있겠구나
언젠가는 원이 성취되겠구나

포엠하우스 21집

ㅇ 감사인사

김 참

poem house

• 1995년 《문학사상》 등단.
• 시집 『시간이 멈추자 나는 날았다』, 『미로여행』, 『그림자들』, 『빵집을 비추는 볼록거울』,
 『그녀는 내 그림 속에서 그녀의 그림을 그려요』, 『초록 거미』.
• 사이펀문학상, 지리산문학상 등 수상.

여름의 빛

　환한 빛 속에서 눈 떴는데, 아침인지 저녁인지 몰라 어리둥절한 순간. 초록 풀 무성한 들판 웅덩이에 물새 몇 마리 쉬고 있습니다. 북쪽 산 위에 아직 태양이 빛나는데 동쪽 하늘엔 하얀 돋는 여름. 환한 빛 속에서, 단잠 깬 아이처럼, 여기는 대체 어딜까 생각해보는 것입니다.

두 개의 나선

 할아버지는 나에게 두 개의 나선을 물려주셨다. 나는 두 개의 나선과 함께 움직인다. 소라고둥처럼 텅 빈 나선. 달팽이처럼 자꾸 내 몸속으로 기어드는 나선. 인적 없는 길을 적시는 빗소리나 나뭇잎 흔들며 우는 바람 소리 같은 두 개의 나선. 아침이면 방울새처럼 나를 깨우기도 하고 끝없이 소용돌이치며 나를 흔들기도 하는 두 개의 나선. 할아버지는 나에게 기이한 유산을 물려주셨다. 달팽이의 길, 소용돌이치며 공명하는 길, 자꾸만 울창해지는 미로 같은 길.

달팽이들

 달팽이들은 내가 키우는 덩굴식물 잎을 타고 논다. 밤이면 어딘가에 숨어 잠을 자는지, 눈 크게 뜨고 찾아도 보이지 않는 달팽이들. 줄기에서 떨어진 덩굴 잎 치우다 보니, 달팽이들은 나선의 작은 집들을 벽에 붙여놓고 민달팽이처럼 돌아다닌다. 과식으로 뚱뚱해진 달팽이들. 낙엽처럼 색 바랜 벽을 기어 다니는 느림보들. 살짝 떼어내 쳐다보면 내 손바닥 위에서, 달팽이도 가만히 나를 바라보는 것 같다. 회색 구름 군단 끝없이 산을 넘던 하루. 열대우림처럼 줄기차게 비 쏟아지던, 유난히 습했던 하루가 저물고 있다.

달

  경산발 구포행 밤차 타고 집으로 가는 길. 친구가 끊어준 좌석에 앉으니 커다란 달이 짙은 광선을 뿌리고 있다. 놀라워라. 이토록 낮게 뜬 달. 내 눈보다 낮은 곳에서 황홀한 빛 뿌리며 살그머니 나를 따라오는 달. 잠든 사람들을 슬그머니 훑어보는 사이 기차는 터널 속으로 들어간다. 달도 사라진다. 청도나 밀양 혹은 삼랑진에서 내릴지도 모를, 고단한 사람들. 자세히 보니 아무도 일행이 없다. 모두 혼자다.

  눈을 떠보니 열차엔 아무도 없다. 종착역 지나 열차 기지까지 흘러온 걸까. 달빛에 반짝이는 철로를 따라 홀로 걸어간다. 철길 옆으로 집들이 늘어서 있지만, 불빛 하나 보이지 않는다. 대체 나는 어디까지 흘러온 걸까. 한참 걷다 보니 철길 옆에 탱자나무들이 줄지어 서 있다. 탱자 열매들이 달빛 받으며 노랗게 빛나고 있다. 공중에 뜬 달이 탱자나무에 내려와 수백 개의 작은 달이 되어 반짝이고 있다.

얼룩말과 함께

잎 가장자리에 붉은 줄무늬 선명한 식물들 선반 가득 놓여 있는 내 방 회색 소파에 뚱뚱한 얼룩말이 누워있다. 창 밖에서 쏟아져 들어오는 아침 햇살 받으며 늦잠 자고 있다. 얼룩말이 숨 쉴 때마다 검은 세로줄 무늬들 기이하게 꿈틀거린다. 얼룩말을 흔들어 깨우고 식탁 위 식은 커피를 마시고 우리는 산책을 나선다.

시월의 나무들은 붉게 물들어가고 나무 아래를 산책하는 나와 당신과 얼룩말 그리고 낯선 사람들. 공중전화 부스 지나 건널목 지나 좁은 골목 지나 우리는 문 열지 않은 상점들 늘어선 내리막길을 걷는다. 산책로 끝 붉은 잎을 단 버드나무 숲엔 버려진 회색 소파들이 가득하다. 누가 이 많은 소파를 이 외딴 숲에 버리고 갔을까.

숲을 빠져나오니 하늘엔 녹색 태양이 걸려 있다. 가을 햇살 쏟아지는 골목 따라 줄지어 놓인 회색 소파들 사이에 녹색 선인장들 하얀 꽃 피우고 있다. 이따금 뒤돌아보면 커다란 눈 깜빡이는 당신이 있고 당신을 따라오는 얼룩말이 있고 얼룩말을 따라오는 낯선 사람도 있지만 아무리 생각해도 누가 내 방에 얼룩말을 버리고 갔는지 모르겠다.

달밤

달이 뜬다. 하늘의 푸른 빛과 들판의 초록빛이 뒤섞인다. 한 남자가 유골단지를 안고 달빛에 물든 물웅덩이를 가로 지른다. 수면에 어두운 파문이 일어난다. 남자는 웅덩이 옆에 유령처럼 서 있는 커다란 모과나무 아래에 도착한다. 모과나무 옆에 많은 사람이 모여 있다. 공중에 뜬 달을 보는 이도 있고 물담배 피우는 이도 있고 나뭇가지에 붙은 회색 민달팽이를 보는 이도 있다. 모과 열매 굴리며 킬킬대는 이도 있다. 공중에 뜬 달이 모과나무 아래 앉아 쉬는 남자의 젖은 발을 비춘다. 그가 벗어놓은 신발이 검은 유골단지 옆에 가지런히 놓여 있다. 모과나무 뒤엔 오래된 납골당이 있다. 한낮의 열기가 아직 가시지 않은 여름밤, 모과나무 옆에서 놀던 망자들이 땅을 차고 훌쩍 뛰어오른다. 달을 향해 날아오르는, 작은 반딧불 같다.

무한 변주 실험

실험실엔 의자 책상 플라스크 그리고 검은 치마 여학생들. 파란 액체가 든 플라스크 들고 맨손체조 하는 여학생들. 파란 액체가 든 플라스크 들고 담배 피우는 여학생들. 나의 미발표 실내악, 아무도 없는 실험실의 밤을 들으며, 천정에 붙은 녹색 나방들을 노려보는 여학생들.

실험실엔 의자가 하나 둘 셋. 책상이 하나 둘 셋. 검은 얼굴 여학생 하나 둘 셋. 파랗게 빛나는 플라스크 하나 둘 셋. 아무도 없는 실험실에서 진행 중인 나의 무한 변주 실험. 아무도 몰라주는 고독한 실험. 아무도 없는 실험실에서 되풀이되는 무한 변주 실험.

실험실 밖 뜰엔 나의 미발표 실내악, 아무도 없는 실험실의 밤을 듣는 파란 눈 외계인들. 쏟아지는 눈과 칼 같은 바람에 눈물 흘리는 외계인들. 머나먼 별에서 비행접시 타고 와 파란 플라스크 들고 공중을 날아다니는 외계인들. 녹색 얼굴 파란 눈의 외계인들.

검은 개들 컹컹 짖는 밤. 실험실 밖 은행나무에 매달린 옥외 스피커에서 나의 미발표 실내악, 아무도 없는 실험실의 밤이 흘러나오는 밤. 키 큰 나목 아래 놓인 검은 플

라스틱 의자에 앉아 눈 코 입 없는 여학생들 파란 플라스
크 흔들며 끝없이 흘러나오는 음악을 듣는 밤.

확산

안개 사이로 반딧불 떠다니는 저녁. 내가 그린 그림 속 어느 집에서 그녀는 초록 달개비를 키운다. 그림 속에서 흰 달이 떠오른다. 검은 밤이 펼쳐진다. 그녀의 집 앞 골목에 가로등이 켜진다. 밤이 오면 그녀는 내가 그린 침대에 누워 그림 밖 세상 어딘가에 있는 자신을 꿈꾼다. 그러던 어느 아침. 그림 속엔 아무도 없다. 그녀는 어떻게 그림 속에서 빠져나간 걸까. 내가 그린 달개비들을 그림 밖 세상에 옮겨심고 그녀는 어디로 가버린 걸까.

긴 장마 뒤 빠르게 번지는 달개비들로 무성한 늦여름. 울타리를 넘고 길을 건너 시소와 미끄럼틀을 휘감고 번지는 달개비들. 주차된 차를 휘감으며 쇳덩어리와 바퀴를 삼키고도 배가 고픈지. 식탁과 소파를 휘감고 번지는 잎들. 길고양이와 검은 개와 산책하는 사람을 휘감으며 퍼져나가는 무서운 잎들. 내가 그리고 그녀가 옮겨심은 달개비의 초록 잎과 그 잎끝에서 돋아난 파란 꽃들로 뒤덮인 세상. 그 어딘가에서, 그녀는 잘 지내고 있는지 모르겠다.

송미선

poem house

· 2011년 《시와사상》 등단
· 시집 『다정하지 않은 하루』, 『그림자를 함께 사용했다』, 『이따금 기별』
· 2023 한국문화예술위원회 아르코문학창작기금 발간지원 선정
· 김해문인협회 회원
· 김해문인협회우수작품집상 수상

우듬지에 걸린 노을

손가락 사이로 스러져가는 햇살이 스민다
은행나무에 아래서 꽃말을 짓는 그녀
노을 지는 소리가
은행나무 우듬지에 걸린다며
노란 잎 하나를 입술에 갖다 댄다
노을이 입으로 든다
천년을 하루 같이
빈 의자를 내어 놓고
은행잎을 빗질하는 그녀
붉어지는 옆얼굴을 바람이 훔쳐본다
산비둘기 울음소리는
은행잎 노란 융단을 내려앉고
낯선 발자국소리에
수풀 속 산 꿩이 날아오른다

선물

9분 뒤에 버스가 온다고 전광판이 깜박였다
겨울비 내린 뒤였지만
한나절이 지났기에 나무의자는 말라보였다
머리를 갸웃하다
정류소 긴의자에 앉았다
밤하늘을 멀거니 올려다보다가
종종걸음인 행인들을 바라보다가
맞은 편 음식점 문을 밀고 사람들이 사라졌다
전광판이 6분을 알렸고
나는 눈을 감고 가로수의 맥박을 짚어본다
일행을 내려주던 승용차 몇 몇이 좌측깜박이를 켰고
여러 대의 버스가 잠시 섰다가 떠났고
기다리던 버스가 왔다
일어서는 내게
선물인지
엉덩이가 눅눅했다
아직도 누군가를 부르는 소리에 뒤돌아보는 내게
나무의자에 새겨진 나이테가
물관에 고여 있던 꽃가루를 건네주었나 보다

멀미

　직박구리가 창문을 흔듭니다 새소리를 손바닥으로 비벼 마른세수를 하면 낯선 하루가 열립니다 일어나자마자 마시면 좋다는 한 잔의 물 대신 밤새 끙끙거렸던 경전을 펼칩니다 펼쳐진 페이지에는 문장이 되지 못한 파편들이 떠다닙니다 빗장뼈가 문을 걸어 잠그기 전에 가슴을 복대로 동여맵니다 익숙한 길은 언제나 불편합니다 돌아서는 방법을 몰라 허둥거렸지만 바닥은 태연합니다 저물어가는 당신에게 성냥을 긋습니다 실험실은 언제나 깜깜했습니다 제자리걸음만 연구한 지 수 십년이 지났지만 쳇바퀴처럼 돌며 멀미를 즐겼습니다 그건 폭력의 다른 이름입니다 인형뽑기 집게로 하루를 집습니다 복대를 푸는 손끝 힘이 빠집니다 해독되지 못할 경전을 덮으며 당신을 또 미뤄봅니다

　모닝콜은 여전히 한밤중입니다

만장루 팽나무 아래서

팽나무 그늘 아래
열 넷 소객들 둘러앉아
논어 읽는 소리가
낭낭하다

무쇠솥 장작불 위로
갖은 약초 넣은
삼계탕이 익어가고
바람소리를 따라나서는 소객들의 웃음소리

기울이는 술잔에
정이 깃들고

나리꽃이 들려주는 이야기에 얼굴 붉힌 남천이 맞장구친
다

만장루 주인장의 넉넉한 마음에
안방마님 정성이 어우러지고

향기로운 선생님의 말씀이 팽나무 이파리에 앉는다

프레스플라워

말아먹은 게 그것뿐만이 아니었습니다

맨발로 밤을 밀고 있습니다
줄어드는 솜사탕을 바라보는 나무막대의 기분으로
발걸음이 가빠집니다
불편이 불안이 되기까지 오 분이 채 걸리지 않았고
가벼운 입바람에도 방향을 쉽게 바꾸었습니다

말아먹은 것을 담아둔 상자에서
바싹 마른 누름꽃 하나를 꺼냅니다
셀로판지로 만든 안경을 쓰고
혓바늘이 돋은 이야기 하나 펼쳐봅니다
보낸 이 없어도 그날이 우표라는 건 압니다
침으로 붙인 뒷면에서 당신의 지문이 흘러나옵니다
그림자 빼고는 닮은 게 없어
당신은 언제나 어둠으로 옵니다

매일매일이 그날입니다
불안이 솜사탕이 되기까지 삼 분이 채 걸리지 않습니다
돌아보니 꽃그늘이 흔들립니다
한랭전선이 남하한다는 일기예보가 반갑지 만은 않습니다

〉

어떤 슬픔은 모래바람마저 쓸모를 잃어버리게 한다지요
편두통은 머릿속에서 키운 모래회오리 탓이 아니니까요
문이 줄어든다는 게 무엇보다 슬펐습니다
누름꽃을 쥐고
문고리에 손을 맡깁니다

상습적 도벽

비밀번호와 맞바꾼 손바닥 온기가
입 다문 나를 열 수 있는 열쇠다
더러 악수를 하거나
슬그머니 잡은 깍짓손의 떨림이
보조 잠금장치까지 열리게도 하지만
배짱이 줄어들 때마다 문구점에서 형광별 스티커를 슬쩍
했던 일을 공유했다 구설수를 막기 위해 백주대낮을 택했
고 단지 두려움을 키우기 위해 주기적으로 훔쳤다 둘 중
하나가 망을 보고
하나는 훔쳤다

매번 운이 따라주는 건 아니어서 서로를 믿는 연습이 필
요했다

손을 터는 것도 잠시
더운 숨을 몰아쉬며 달려간 곳은
어느새 문구점 앞

깜깜한 주머니가 형광별로 채워진 다음날부터
입을 가리지 않고 웃었다

여전히 노랑

생활계획표를 찢어버렸다는 이유로
누군가 나를 차버렸다
야광별이 번쩍이는 뻑뻑이 신발을 신은 발끝이었다
뒷골목이 가까웠지만
변명만 실없이 고집했고
노랑이 지겨워지면
샛노래진 얼굴에 노랑나비를 그렸다
이마는 펄펄 끓는데 혀뿌리에 닿은 체온계는 반응하지
않았고
가르랑거리며 숨 차오르는 것을 참는 나를
한식구라며 보듬어 주었다
날 선 모서리를 궁굴려 한편이 되기로 했지만
사는 게 전부 노랑이라서
화살이 날아오는 방향으로 과녁을 옮기곤 했다
손톱 끝으로 긁는 복권처럼 요행은 그저 요행일 뿐
바닥이 드러나기 전 모자를 눌러 썼다
울음보다 참기 어려운 웃음
오늘의 노랑이 어제의 유복자였다는 건 동의하는지
맨발이어도 괜찮다는 듯 아무렇지 않게 다가오는 노랑
내일, 이라며 미뤄둔 내일은 밀물이었다가 썰물이었다가
그건 해열제라기보다 나프탈렌을 닮았다

여전히 노랑을 좋아하니?

포엠하우스 21집 ○ 감사 인사

김미희

poem house

• 《문학 21》 등단
• 김해문인협회 회원

토르소

사방으로 날리고 싶어 기회를 엿보는
진초록 머리카락은 잘라버려

오만가지 생각을 모아 성을 쌓는
뇌수를 멀리 던져버려
다시는 희망이 침입하지 못하도록

숨을 지탱하느라 휘어진 허리에게
바다가 보이는 티켓을 쥐어줘

백 개의 팔을 매단 어깨는 휴식이 필요해
요즘 대세는 워라밸이야

함부로 빗방울과 햇살을 탐하는
초록 손바닥들의 염치를 지워

너무 많은 꽃봉오리는
너무 많아서 난감한 쓰레기일 뿐이야

나무는 스스로에게 자세를 주입한다

발목을 도심의 콘크리트에 묻고
뭉툭한 토르소가 되었다

봄마다 새로운 환상통이 자란다.

푸른 사과 속에 들다

이곳은 바람이 닿지 않아요
연두색 벽이 지키는 방이지요
바람도 없는데 어떻게 숨을 쉬니?
물음은 당신 몫이에요
커튼도 거울도 없는 둥근 이 집에
누가 내 숨을 심었을까요
내가 가진 것은 맨발 뿐이에요
동굴을 파고 있어요
아무도 모르는 갱도를 지나가고 있어요
언젠가 나를 횡단할 거예요
어디에 낭떠러지나 갯벌이 있을지 모르지만
오늘도 한 자루 곡괭이가 되어요
이곳은 우주의 외딴 정거장
정거장에서는 생각이 꼬리에 꼬리를 물지 않아요
다음 정거장만 꿈꾸어요
온몸이 눈(目)이고 발이고 그리움이에요
나는 쓰고 달고 긴 미로를 지나
이 집을 부수고 여행을 떠날 거예요
좁고 둥글고 텅 빈 동그라미 하나
남기고.

전문가들

그들은 웨이브 전문가다

나팔꽃 덩굴손이 연둣빛 야무진 스프링을 늘인다 꽃은 한 뼘 더 위의 웨이브를 밟고 봉오리를 매단다 고둥이 나선형의 동굴에 몸을 숨긴다

고둥은 누구도 일찍 잠을 깨우지 못하도록 함부로 창을 열지 못하도록 입구를 나선무늬로 잠그고 있다 회오리 무늬는 고둥의 문지기다 고둥들은 언제부터 저 무늬를 그리기 시작했나

산길이 등뼈를 S자로 늘이고 누워 있다 산길에서 새의 깃털 하나를 줍는다 바람과 놀던 날개깃의 중심이 부드럽게 휘어있다 곡선이라는 무기로 새는 공중에 웨이브를 그리며 계절을 통과한다

나는 온갖 웨이브를 건너왔다 그 무렵의 회오리바람이 머리카락을 데리고 달아났다 어느 소용돌이가 귓속에 안개 무리를 남기고 갔다

머리카락들이 달아나서 머리밑이 훤해요 무슨 방법이 없을까요 없긴요 큰 웨이브 아래 작은 웨이브를 쫙 깔아 드릴게요 미용 경력 사십 년 웨이브 전문가인 그녀의 손가락이 분주하다

나는 웨이브를 머리에 이고 문을 나선다.

등대처럼

나는 책상 앞에서 외눈의 낡은 등대처럼
생각의 커서를 깜박이고 있다

그 문장은 아무리 들여다봐도 빛이 보이지 않는다
썰물이 버리고 간 해초들처럼 여기저기
줏대 없는 부사들이 널려 있다

바깥은 파랑이 한 점씩 더해지고 있다
빛이 입자인가 파동인가는 그들의
오랜 과제였다
그렇다면 어둠은 입자일까

겨우 나 아마 같은 있어도 없어도 좋을
단어를 주워 들고 낑낑대는 동안
밤 두 시가 창밖에 도착한다

천만 개의 까만 입자들 덮고 눕는데
모래 만 한 별이 창을 긁는다
습관성 방문자다
너무 작은 유리 구두를 신고 온다

가늘고 긴 불빛 하나를 들고 와서
방안의 어둠을 들여다본다.

이소

겨울 풀덤불 사이에
주먹만 한 둥지가 텅 비어 있다

저 오목한 방이
보듬어 키운 것은 간격이다

이곳에서 그곳까지가 실뭉치처럼
돌돌 감겨있다 풀어진 흔적이다

큰 부리가 작은 부리에게 물어 나른
허공의 퍼즐이 완성된 것이다

오장육부를 치밀하게 복제한
또 다른 생가

돌아보지 않고 멈칫대지 않고
비눗방울처럼 흩어진다

3월이 되자
트렁크에 둥지를 챙겨 넣고
아들이 먼 도시로 갔다.

스테비아 방울토마토

나는 누구지?
열매가 두 손으로 제 뺨을 만져본다
그런데 누가 지나갔지?
어제가 생각나지 않아 이마가 조금 더 붉어진다

온몸이 빨강으로 가고 있다
머리에서
발끝까지
달콤한 말들이 넘치고 있다
둥글한 집안에 오직 달콤만 모여 산다
빨강 식탁이 달콤하게 차려지고
원피스의 주름에도 단맛이 접혀있다
오늘은 화가 나서 너무 달콤해요
이 슬픔은 폭력적인 달콤함이라고요
당도 높은 잉크로 일기를 쓴다

토마토는 스스로를 의심한다
너는 토마토니?
달달한 눈이 충혈되어
자신의 DNA를 검색한다.

풍경의 눈꺼풀들

창문들이 포개어져 있다
일렬로 줄지어 허공을 날고 있다
네모 눈동자들이 빛을 반사한다
네모의 날개는 어디에 숨어있나

새 한 마리가 스치고 있다
유리 수정체들이 놀라서
저마다의 높이와 각도로 깃털을 재고 있다
물기 없는 동공들이다

새가 긋는 곡선이 매끄럽다
작은 분홍빛 새의 발을 탐내는
유리의 눈알이
붉게 짓무르는 저녁이다

새는 틀에 박힌 눈동자에 놀라지 않는다
간혹 유리에 부딪히는 새들은
먼 곳을 보며 날던 새이다

네모 속에는 네모들이 겹겹이다
나는 두 겹 세 겹의 네모로 거른

바깥을 갖고 있다

콘크리트 더미에 앉아
누군가의 손이 열고 닫기를 기다리는
풍경의 눈꺼풀이 딱딱하다.

놀이

하나의 별은 사람의 손끝에서 천 개의 문장을 얻는다

우주에서 태어나 한 문장의 주인이 된 사물들이 제 이름을 들고 어깨를 우쭐댄다

나는 분홍 저녁을 마시고 통통하게 살이 오른 갈대의 문장이었다

비 그친 가지 끝의 물방울 무지개가 키운 한 줄 이었다

외줄 고삐를 놓치지 않으려는 어린 소경처럼 발목이 겹질린 적도 있었으나

세모눈을 하는 행간의 외투를 갈아입히고 장화를 챙겨주는 일은

우물처럼 우묵한 놀이였다

오늘은 송이구름과 둘이서 끝나지 않는 끝말잇기 놀이를 한다

언젠가 손때 묻은 문장들과 나는 싸구려 잉크처럼 휘발
될 것이다

먼지처럼 작은 소실점이 될 것이다.

포엠하우스 21집 ○ 감사 인사

김미정

poem house

• 경남 김해 출생
• 2020 《시현실》 등단
• 경남문협, 경남시협, 영남시동인회, 시와사상문학 회원

해피엔딩

섬으로 가요, 우리
얼굴을 가리면

놀란 발은 더 멀리 갈 수 있을 겁니다

아련하다고 말하는 파도가
아득하다고 생각하는 바닷물을 이끌죠
그저 고요하기만을 고집하던 날들을
먹먹한 하늘이 뒤덮고

날씨가 내게 충고하는 것을 듣습니다

섬을 한 바퀴 돌 때까지
겨울에는 무엇보다 굴이 맛있다며
너는 장작불을 지피죠

그것은 봄바람에 날려 올 벚꽃을 기다리는 것과 같아요

간까지 내어줄 것처럼
너는 굴을 까고
하늘을 보는 듯 바다를 보는 듯

너의 옆얼굴을 맛봅니다

그 사이, 시작도 없고 끝도 모를 비는 내리고
섬에는 장작 타는 소리만 환하게 웃습니다

토끼가 날자
거북은 섬이 되었다는 이야기
얼굴을 가리고 우리가
가 닿은

조금 더 멀리 걸어도 우린,
식상합니다

북집

어쩌다 늙어 버린 집이 있다
안방은 기웃거리지도 못하고 작은방 깊은 곳에 자리하고
있다

윗실이 아무리 좋아도 밑실이 없으면 안 되지
엉키거나 끊어져도 박을 수 없지

이것 좀 잡아 봐라
그래 살살 당겨야지

아이는 헝겊 잡은 손가락이 박음질 될까 봐 숨죽이고
엄마는 무심히 기도하듯 재봉틀을 돌린다

엄지와 검지 사이 침을 묻혀가며 실을 돌돌 말아 바늘귀
에 끼우고
실패에서 한오라기 빼내어 북집에 걸고 딸깍 고정한다

윗실 될래 밑실 될래
밑실을 감싸 주는 북집이 되어라

바람을 휘저으며 노루발이 달려간다

자장가 들려주듯 한땀 한땀 박힌다

앉은뱅이 재봉틀을 부여잡고 있는 당신의 뒷모습이
정화수에 뜬 하현달 같이 휘어졌다

손의 물금처럼 닳아버린 북집에서
당신의 심장 소리 들린다
다르르 다르르

내적 봉변

허락이 필요했을까
기대가 크면 실망이 크다는 말을
사실로 받아들여야 하는 날이다
어떤 날이든 기대는 하기 마련
목요일이 다가오면 그날 몫의 기대를 품는다

자라난 기대는
날씨를 탓하며 자연스럽게 빗나가고
당연한 것처럼 기대에서 헐렁하게 떨어져 나간 파편들이
점령한다

처음부터 어긋나는 기다림이었을까
돌아서 오는 길은 기대를 꺾어 안아야 한다
어쩌지 못하는 가로수 꽃들을 저편에 쌓아 놓고
온화한 표정으로 갈 길을 서둘러 포장하는 것은
각자의 몫

크게 웃어 보일까
아니 먼저 손을 내밀까
내 머릿속 계산보다 더 빨리 지나가는 창밖 풍경
지나간 자리의 풍경이 길든 얼굴로

나보다 먼저 손을 내미는 당신의,
창밖에서 눈을 뗄 수 없다

봉변이다

마주 잡은 손끝에서
다만,
내 안으로 들어와 흐드러지게 피어난
배롱나무꽃, 그늘이다

저도 가는 길

그러니까 저도 가는 길이었다

언제부터 내게 왔니?

아직 당신의 틀 속에 갇혀있다

새가 일어나기 전 다녀갔던 그림자가
손에 잡힐 것 같아
악몽이 짙어질수록 눈을 감는다

어제가 내려앉은 어깨는 다가갈수록 멀어진다

터널이 두려워
아니 난 안개가 무서워

손이 다가오면 얼굴을 내밀어 봐
이럴 땐 가면을 벗어도 좋아
물방울을 만지면 말랑해지는 당신의
아득한 것에 대한 궁금증은
저 섬에 심어두고 올 테야

콰이강의 다리를 건널 때
투명한 바닥에서 바닷물은 낭실

희미한 그대 돌아오면
인디언 서머

라디오에서는
찬란한 안개주의보가 해제된다고

날씨의 예의

날씨 없는 날을 기대합니다
나는 모르고 너는 아는

오늘의 날씨입니다
오늘은 전국적으로 비 또는 눈
당신을 배려하는 설탕 52%를 희석하여
날씨는 예보됩니다
믿거나 말거나
믿어도 날씨는 달고
믿지 않아도 그날의 날씨는 씁니다

화요일의 날씨는 아무리 맑아도 흐림
계절은 날씨를 전혀 닮지 않았다고 말하며
콧노래 산뜻한 아침 햇살이 출근합니다

당신이 품은 먹구름 냄새가 접수되었습니다
비바람을 오늘만은 결재하지 않겠습니다

예보하는 친절은 아홉 시를 지나갈 무렵 안개로 덮였습
니다
걷기에도 흐린 날씨가 반복되면

우산을 품고 사는 습성을 길러야 할까요
비를 피하는 방법은 간단합니다
사라진 목소리 따윈 적당히 무시하는 온도
휘파람을 이기적으로 불어도 동요하지 않는
당신 또한, 나

당신의 일기예보를 전해 드리겠습니다
내일은 대체로 맑으나 당도 차가 심하겠습니다
미세먼지의 농도는 알 수 없습니다

처방전을 이마에 붙이고 출근했나요
당신의 날씨는 3일간 안녕할 겁니다

스카비오사

누군가를 닮았다고 해요
흔히 하는 말로
이루어질 수 없는 사랑이라고도 하죠
어제의 슬픈 신부 같은
연상이 주는 느낌을 정확하게 표현하는 방법을 몰라
어리둥절하여
손톱만 물어뜯어요

이름을 불러 주세요
비어 있지만 여리지는 않아요
여리지 않는 라인이 매력이잖아요
곡선이 채우기에 적합하다고 하지만
청초하고 싶을 뿐이에요
부탁이에요
호들갑에 자꾸 힘이 빠져요
특히 조심해 주셔야 해요

그냥 있는 그대로 봐주세요
어둡다는 말은 어울리지 않아요
아직,
길어 올려야 할 새벽이 저렇게 남아있다니

흔들리는 가지에 발걸음을 걸어 놓고
촉수에 옆구리를 이식해요
여리게,
여리지만은 않게,
단지,
아직 열리지 않았을 뿐이에요

밤의 지문

아가미가 뻐끔거린다
이불 밖으로 빠져나온 발 한짝
푸드덕 날아오를 듯하다가
잠잠하다

몇 개인지 알 수 없는 둥근 세계 속
남자의 왼쪽 손바닥은 굳은살로 소용돌이친다
수평선 아래보다 더 궁금한 나머지 손
지구 반 바퀴를 마저 돌아야 겨우 만져질 것 같다

굳은살을 풀어 부드럽게 동심원을 그린다
물금 속으로 사라진 지문을 찾아 헤맬 때
물고기 등에 단단한 가시가 자라고
매의 눈빛 같은 푸른 꿈속으로 빨려 들어간다

파도치는 밤을 당겨
물고기의 무늬를 세긴다
멈춰진 시계의 태엽을 감고
빠져나온, 발 한짝,
가지런히 걸어두면 물살이,
부딪히며 내는 소리는 점점 작아지고

가시가 찌르는 밤도 얕아진다

돌아누우면 왼쪽 어깨뼈가 뚝 소리를 내는 시간
잠들 수 없는 물고기는
밤의 지문을 닳도록 닳도록

사과가 주렁주렁하고

　지금은 가을이고 얼음골엔 사과가 주렁주렁하다 칠산 화목에서 데려와 키운 새끼 여섯 마리를 낳은 화목이가 나를 보고 달려온다 얼음골 얼음은 다 녹아도 얼음골 사과는 빨갛게 익는다 가을은 화목이가 데운다

　지금은 가을이고 화목이는 젖이 주렁주렁이다 모산에서 키우던 화목이가 어느 날 화목이 닮은 새끼를 여섯 마리 낳았다 월목이, 화목이, 수목이……
　아부지, 한 마리가 모자라예 일목이도 있으면 좋겠어예
　정아 새끼는 여섯이면 충분하단다
　그래 맞아예 나도 언니 또 언니, 오빠, 여동생, 남동생 없는 거 없이 다 있으니

　영남알프스 바람이 불어오고 도토리묵 파는 집은 정기휴일이어서, 덩그러니 놓인 커다란 호박 몇 덩이 사이로 누런 햇살만 비쳐 들고,

　가을은 사과가 주렁주렁하고 내 눈가에는 이십 년 전 화목이가 어른어른하고 얼음골은 사과향 맑은 눈빛이 동글동글하고,

양민주

poem house

· 2015년 《문학청춘》 등단
· 시집 『아버지의 늪』, 『산감나무』
· 수필집 『아버지의 구두』, 『나뭇잎 칼』
· 원종린수필문학작품상, 경남문인협회우수작품집상 수상

나무가 사는 방식

　라푼젤처럼 머리칼을 기른다 길게 길게 기른다 머리칼을 땅속에 묻고 캄캄한 곳에서 왕자를 찾듯 꿈을 찾는다 꺼꾸로 서서 팔다리는 힘차게 허공으로 뻗어 올리고 바람을 부른다 나무는 대머리가 없다 지난여름 태풍 카눈에 쓰러진 나무가 머리를 산발한 채 고요히 잠든 모습을 보고 알았다 자기가 부른 바람에 쓰러져 잠든 나무는 숭고했다 나도 내가 부른 세월에 맞아 언젠가 잠들 테지, 불을 찾는 불나방처럼 나무는 머리카락을 땅속에 묻고 손짓 발짓으로 바람을 부르며 산다 바람 앞에 쓰러진다

목욕물 마신 새

마당귀 돌절구에 빗물 고인
볕 좋은 날
직박구리 날아와 목욕하고
푸르르 몸 털고 날아간다
어떤 볕 좋은 날은
오목눈이 날아와 물 마시고 간다
원효대사 해골물 마시듯
시원하게 목축이고 간다
직박구리가 목욕한 걸
오목눈이는 알까?
오목눈이가 직박구리를 만난 날
어떤 볕이 좋은 날
하릴없어 한 물음 던져보는 것이다

개구리들

천경자 화백 개구리 그림 보면
논두렁에서 막대기로
개구리 잡던 시절 그려진다
참한 참개구리 청청한 청개구리
금 나와라 뚝딱. 금개구리
무당 옷 입은 무당개구리
그 많던 개구리들 지금은 어디 갔나
모내기철이면 떼창을 불러대던
개구리들이 사라져 버렸다
그림으로 들어가 버려서 그런가
내가 잡아서 그런가
개구리가 되어보지 않고서는 모를 일
그림에서나 볼 수 있는 개구리들
그림 속에서 뛰쳐나오고 있다
어릴 적 나를 단죄하기 위하여
용수철처럼 튀어나오고 있다

능소화 아래 개가 잠든 풍경

　담장 위 능소화가 쇳물처럼 피었다 골목 지나 행운철학관, 철학관에 오시는 손님은 개를 피해 반대편 담장에 붙어서 오세요 아침 해가 솟으면 능소화는 피고 개는 엎드려 잠잔다 어젯밤 도둑도 없는 도둑을 지키느라 눈에 불을 켰으리라 오가다 발걸음 소리 들려주면 먼바다 등댓불같이 번쩍이는 눈, 저놈은 필시 나를 도둑으로 본다 내리쬐는 햇볕에 능소화 그늘 한점 떨어진다 수박 서리하듯 다가가 이름을 불러 본다 대답 대신 날카로운 이빨로 맞아 다리살이 찢어져 피가 흐른다 뒤돌아서 뒤뚝뒤뚝 병원으로 가는 저녁, 절름발이 저녁노을이 슬프다 여름 담장 위에는 능소화가 흐드러지게 피고 그 아래 개는 엎드려 잠잔다

부음

엄마의 울음을 처음 보았다
검정 고무신에 콧물 찔찔 흘리던 날
나는 마당에 작은 구덩이를 파고
구슬치기를 하고 있었다
구슬 속으로 숨어든 하늘을 깨트리고 있는데
중절모에 허름한 양복 입은
중년의 사내가 찾아와
엄마에게 누런 봉투를 전했다
봉투를 받아든 엄마는
갑자기 울음을 터트리며
신발을 신는 둥 마는 둥
냅다 대문 밖으로 뛰어나갔다
모이를 쪼던 닭도 푸드덕 튀어 오르고
나도 깜짝 놀라 멍하니 바라보고 있었다
그 누런 봉투, 그 한 소식이 무엇이길래
엄마는 대성통곡하며 뛰쳐나갔을까
지금도 잊히지 않는 엄마의 울음
처음 보았다

나무와 나는 키가 같다

2층 베란다 창을 열면 살구나무가 인사한다 단풍 든 잎을 흔들며 아침 인사를 한다 살구꽃 떨어뜨리고 노랗게 익은 살구는 절에 다니는 위층 할머니께 보시하고 이젠 아름답게 물들었다 오른쪽에 매화나무 왼쪽엔 단풍나무 다 같이 잎을 흔들며 인사한다 나도 손을 흔들어 답한다 모두 눈높이가 같다 조금 멀리 보이는 느티나무, 먼 산허리의 소나무도 눈높이가 같다 키 큰 나무는 멀리서 바라보고 177센티미터의 나무는 가까이 다가가 속삭이면 되고 키가 작은 나무는 쪼그려 앉아 꽃향기를 맡으면 된다 세상의 나무와 나는 키가 같다 나무와 나는 지음知音처럼 마음이 통하는 친구다

완전한 그늘

벗나무 아래서 하늘을 본다
하늘을 가린 꽃 사이로
파란 구멍 몇 개 뚫려있다
구멍을 막으려 실바람 분다
흔들려 다 막히면 꽃그늘 천지
맑은 그늘의 흔들림
나는 고개 들어 하늘 보려 하고
바람은 완전한 그늘을 완성하려 하고

손님

가게 문을 열지도 않았는데 햇살이 먼저와 있다 피로한
몸을 이끌고 문을 열면 간판에 앉아서 졸던 실잠자리 눈
비비며 들어오고 붉은점모시나비 춤추며 들어오고 풀숲에
숨어 있던 깡충거미 깡충 들어오고 초대 안 한 파리는 눈
깜짝할 사이에 들어온다 어머니같이 부지런한 꼬마쌍살벌
은 어제 와서 밤새워 날고 있다 그림 가게 주인 심심할까
봐 유붕자원방래有朋自遠方來처럼 온다

포엠하우스 21집 ○ 감사 인사

이복희

poem house

• 한국문인협회, 김해문인협회 회원

• 김해영운고등학교 근무

구린내

이를 닦고 헹구는데 구린내가 난다
다시,
구석구석 닦고 헹구는데도 변함 없다
목에 걸린 마스크를 쓰고
내 입김을 뱉어내어 본다
상큼한 치약 냄새가 난다
수돗가로 가서 콧구멍을 벌렁거려 본다
내 입 냄새가 아니란 걸 알게 되었다

'굴뚝 청소부' 이야기가 떠오른다
구린내 나는 곳에 가까이
코를 박고 있었으니 멀리해야겠다
내 입 냄새가 아니라서 다행이긴 하지만

내겐 어떤 구린내가 날까?

나도 강담운

김해읍성 연자루 귀퉁이
발그레한 도화꽃

연자루 휘도는 물결 따라
그대에게 찻잔을 흘려보낸다
헛기침 거나하게 내뱉고선
천천히 잔을 기운다
도화꽃차가 뜨거웠나 보다

차는 그대가 마셨고
향은 내게로 스며들었다

* 지재당 강담운. 김해의 아름다움을 한시로 남긴 조선 후기 기녀 출신 여류시인

어쨌든 난 살아 있다

몸에 수분이 고여 온몸이 퉁퉁 불었다
신발에 발을 벅차게 쑤셔 넣었다

어제 하루 자리를 비웠을 뿐인데
커피도 식은 채로 있고,
한 입 베어먹은 떡도 식은 채로 있다
아이들은 보고 싶었다고 한다

이러니 힘이 나지,
어쨌든 난 살아있다

먹었다 1

오늘은 화장이 잘 먹었다
왜곡의 미학이다

조그만 손거울에 비춰
눈썹에 색을 먹여보고
눈가장자리에 색을 먹여보고
입술에 색을 먹여보고

내가 아닌 나를 데리고
외출하기로 마음먹었다
입가에 미소가 저절로 먹혀들었다

먹었다 2

마음을 독하게 먹었다

간이 지방을 많이 먹었다
먹고 싶은 것보다 더 많아진
먹지 말아야 할 것

먹먹했다

먹었다 3

세월을 먹었다

숟가락을 바삐 움직였더니
세월에 비례하게 밥도 같이 먹었다
하마*가 습기를 먹듯
솜이불이 물기를 먹듯
죄다 몸으로 먹었다

그려,
너무 먹어서 익었나 보다

* 제습제